하
루

—

에필로그

에필로그 - 하루

발행일 2022년 10월 21일

지은이 최한중
펴낸이 손형국
펴낸곳 (주)북랩
편집인 선일영　　　　　　　　　　　**편집** 정두철, 배진용, 김현아, 장하영, 류휘석
디자인 이현수, 김민하, 김영주, 안유경　　**제작** 박기성, 황동현, 구성우, 권태련
마케팅 김회란, 박진관
출판등록 2004. 12. 1(제2012-000051호)
주소 서울특별시 금천구 가산디지털 1로 168, 우림라이온스밸리 B동 B113~114호, C동 B101호
홈페이지 www.book.co.kr
전화번호 (02)2026-5777　　　　　　　　　**팩스** (02)2026-5747

ISBN 979-11-6836-544-5 03810 (종이책)　　979-11-6836-545-2 05810 (전자책)

(주)북랩 성공출판의 파트너

북랩 홈페이지와 패밀리 사이트에서 다양한 출판 솔루션을 만나 보세요!

홈페이지 book.co.kr　　•　**블로그** blog.naver.com/essaybook　　•　**출판문의** book@book.co.kr

---

작가 연락처 문의 ▸ ask.book.co.kr

작가 연락처는 개인정보이므로 북랩에서 알려드릴 수 없습니다.

하루

에필로그

최한중 지음

 북랩

목차

하루

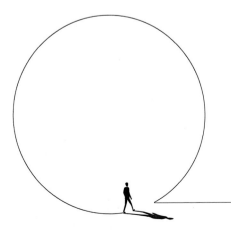

에필로그

노숙인

'귀찮아' 한 번에 일자리 잃고
'귀찮아' 두 번에 사람을 잃고
'귀찮아' 세 번에 씻기를 잃네
하루에 한 끼면 족하고 두 끼면 사치다
게을러도 우리 중에 뚱보를 보았나
거리의 천덕꾸러기 우리는 다이어트 전도사

2019.2.14.

돌아선 자리

꿈속을 헤돌다 문밖에 서니

정신은 여전한데 네가 안 보여

온갖 만신이 춤추는 이곳이 별천지인가

날고 걷다 머문 자리가

여명 속에 희미한데

한 줌의 흙라 바꾸자니

지나온 흔적이 너무 초라해

한 줌으로 날리는 가는 먼지 속에

내 인생 묻기도 너무 버거워라

2019.3.28.

시간 궤적

저 산 뒤편엔 무엇이 있을까
앞만 보고 힘들게 올라 보니
산 그림자 누운 자리 메마른 숲만 보이고
바람에 떠밀려 한 발 내디디니
어둡고 거칠어 지팡이 도움이 절실하다
이전엔 왜 몰랐을까
부모님의 시간 궤적을

2019.4.17.

인연

내가 살아
너의 삶에 얽힌 시간 시간을
서로의 문화 공유하다 젊음 다 채웠지

내가 살아
너의 삶을 차지했던 세월은
찰나인 것 같은데

내가 살아
너의 삶을 부풀렸던 오늘이
내일 지나 먼 훗날까지 가면 좋으련만

내가 가면
그래도 빛바랜 사진은
한동안 걸려 있겠지

2019.5.2.

우리는

내가 몸져누워 천장을 응시할 때
너의 표정은 덤덤했지만
우리는 한 곳에 살았다

내가 삶의 개척에 땀 흘릴 때
너는 우울증으로 메마른 시간을 가졌지만
우리는 한배를 탔다

내가 지나친 시간 시간마다 성과를 쥐어짤 때
너는 다른 공간에서 하늘을 보았지만
우리는 같은 하늘 속에서 한숨지었다

우리는 같은 하늘 속에서
한배를 타고 노를 저었지만
언제까지 한곳에 머무를 수 있을까

2019.5.28.

멀리서

멀리서 네 모습이 보이면 섬칫한다
예전엔 반가웠는데~
너는 누구인가

멀리서 네 모습이 보이면 손들어 환호한다
너를 보면 항상 즐거우니까
너는 누구인가

멀리서 네 목소리 들리면 덤덤하다
어제도 듣고 오늘도 들으니
너는 누구인가

멀리서 네 모습이 보이면 외면한다
아는 척 말 섞으면 피곤하니까
너는 누구인가

서로의 사이는 멀리서 재야 한다

2019.6.15.

미로

서너 번 돌다 끝인 줄 또 돈다
계속 돌아도 멈추지 못한다
지쳐 다리에 쥐가 나고 머리도 돈다
좌우를 둘러보니 너도 있구나
우리의 미로는 어디가 끝일까

2019.6.24.

그림자

어제 앞서가던 네 그림자 보았지
오늘은 뒤에 오던 네 그림자 보았지
윤곽은 뚜렷한데 그림자는 작아지고
네가 보는 내 그림자도 작아졌을까
그림자도 세월 따라 닳고 닳는가

2019.6.27.

경계인

이도 아닌 것이
저도 아닌 것이
이 언저 저 언저
차라리 꼭지라도 보이지 말 것을

2019.7.1.

닭장

나는 지금껏 닭장에 살고 있다
조그만 틀 안에서 모이도 쫀다
그물 사이 들어오는 공기로 숨도 쉰다
가끔 운동 삼아 탈출도 시도한다
내가 낳은 알의 대가로 배부르게 먹는다
시간이 지나면 서열도 없어진다
언젠가 알 못 나으면 어찌 될지
벗어나고 싶어도 자신이 없다
사료만 축낸다 싶으면
운명의 날이 오겠지

2019.7.

석양

지는 해 아쉬워 붙잡다 데인 손
아직도 열력은 강렬한데 왜 저무나
아기야 네가 나서 멈춰줄 순 없는가

2019.7.

저 산에

저 산에

저 산에 오르면

섬기던 신들도 눈앞에 숨고

나를 통치던 모든 자 발아래 머무니

머물 수는 없어도

명이 있는 한 계속 오르리

찰나의 착각이라 해도

숨이 차도 나는 계속 오르리

너희가 우러러 바라보는 저 산에

2019.7.

10분만

늦어서 미안한데 10분만 기다려줘!
중환자실 면회는 10분간입니다
화난 마음 진정엔 10분만 눈을 감아!
네 얼굴 10분간 바라본 적 있었나?

10분을 10으로 쪼개면 1분
10분을 6배 하면 1시간
1분과 1시간에 끼인 10분은 너무 바쁘다

2019.7.22.

그가 머문 곳에서

오지도 도심도 아닌 어중간한 마을에
그가 머물다
뜬구름 띄워 청춘 사르고
사랑 속 가정 병마 속에 찢어놓고
쓰러지듯 작은 오두막에
그가 머물다
구부정한 어깨 굽은 등 평상에 누워
빈 하늘에 구름 그리며
그가 머물다

2019.7.23.

바를 정

이건 저기에

저건 여기에

허리는 펴고 고개는 들고

몸도 마음도 정갈하게

소리는 죽이고 눈은 편안하게

그러다 한세상

떠가는 구름마저

천천히 줄 맞춰서

2019.7.30.

감성

우는 아이가 없다
웃는 아이도 없다
소리 지르며 길길이 뛰는 아이는 많다
저들이 자라면 무엇이 될까
로봇의 자리만 채워 주겠지

2019.7.31.

모래성

모래성이 무너져 내린다
바람이 불어도 폭우가 내려도 서서히 무너져 내린다
꼭대기 모래알은 앞장서 무너져 가장 밑에 깔리고
다음 모래알에 묻혀 사라져 버린다

2019.8.6.

네가 버린 시간들

젊음이 거기서 멈출 줄 알았지
행복의 이음줄이 탱탱할 줄 알았지
크고 작은 존재감이 순간순간 번쩍일 줄 알았지
그토록 긴 일백 년 다 가도록
너는 무엇으로 살았을까

2019. 8. 6.

어떤 산행

그가 쓰러졌다
잠시 후 깨어나 정신이 든 후
왜 쓰러졌지?
외부 충격? 아니면 나 스스로?
생각이 끊겼다
잠시 졸은 건 아닌가?
앞으로 자주 쓰러지면 어쩌지?
산길에서 차도에서ー
그는 곰곰이 생각했다
어차피 산에 묻힐 것
내 발로 오르다 쓰러지면 이보다 다행일 순 없겠지
그는 오늘도 산에 오른다

2019.8.8.

숫사자

갈기는 검고 윤이 나서 멋졌다
힘도 세어 무리를 이끌었다
어느덧 갈기는 누렇게 변하고
이빨마저 빠져 몰골은 추해지고
무리의 천덕꾼 식충이가 되었다
젖은 낙엽 될까 한참 고민하다
홀연히 사라졌다
어디로 갔을까

2019.8.8.

내 몸 설명서

닳아빠진 부속을 갈아 끼우기엔
본체가 너무 허약해
어색해도 바꿔보고 안되면 조금 더 쓰다 말아야지
이 악물고 뒹굴다 본체마저 무너지면 어쩌지
계속 찡그리면 어느 누가 불쌍하다 손 내밀까

2019.8.12.

구렁이

아무도 그 속을 알 수 없다
담도 슬며시 넘는다
불이 나야 깊은 굴속에 숨는다
매캐한 연기에 참고 참다 기어 나오다
잔불에 비늘 태우고 허물을 벗는다
그러나 우리 조상을 배신하지 않았다

2019.8.16.

무지개

빨, 주, 노, 초, 파, 남, 보
한 세상 맺힌 한 피 토해 뱉어내고
사랑해 사랑해 편지, 주홍글씨
천진한 마음, 노란색 칠해놓다
한때는 편안한 녹음 속에 살았지
팔팔한 청춘도 한때였고
늙어 무채색만 찾다, 화려한 회색 보라가 그립구나

2019. 8. 26.

흙수저

저기요
저는 왜 이 밑에 서야 하나요
쟤는 왜 저 위에 서 있죠

타고난 팔자가 다르듯이 운명의 흐름도 다르다네
신이 죽었다 부활해도 신이 되듯이
어디서 태어나든 뿌리가 중요하지
뿌리가 부실하면 평생 커봐야 너 정도 수준이지
바람결에 비옥한 대지에 씨 내리면
그게 바로 금수저 되는 기라

2019.9.5.

살아 있음에

내가 살아 너의 품에 기대고
너도 살아 나의 품에 드리네
모두 살아 있음에/
누구의 품도 다 나를 반기지 않겠지만
살아 있음에 기대해 보네/
푸근한 품속이 그립지만 메달라 있어도
살아 있음에 고마워하네

2019.9.10.

몰상식

예전엔 가방끈 짧으면 몰상식
지금은 가방끈 긴 놈들이 몰상식
상식을 벗어나면 하는 짓도 또라인데
권력을 쥔 만큼 하는 짓도 또라이
저들에겐 마구잡이 몽둥이찜질이 처방

2019.9.24.

걸레

시커면 걸레 힘껏 걷어차네
마당 나뭇가지에 걸렸네
비바람 몰아쳐 앙상하고 허옇게 늘어졌네

가방끈 길면 뭐 해
걸레보다 못한 놈들 목 꿰어 나뭇가지에 매달아라
백골 되면 검은 마음 하얘질까
마음이 검다고 뼈까지 검을까
걸레만도 못한 놈들
걸린 나무 부러질까 이만 거두어라

2019.9.24.

관계

그냥 던진 말인데
그는 발끈했다 - 무시한다고
웃으며 윙크했는데
그는 발끈했다 - 비아냥댄다고
그를 떠났다
정이 바랜 사이로

2019.9.27.

자리

당신이 빠져야 내가 들어가죠
아직은~, 자리 좀 넓히면 안 될까요
무슨 말씀~, 1인용 자리인데
그럼 당신이 살을 빼면 안 될까요
아, 참, 빨리 빼요, 내 자린데

2019.10.6.

시간

시계는 밥을 줘야 시간이 간다
태엽이 풀리면 시간은 멈춘다
가는 세월이 아쉬우면 시계를 굶겨라
내 시계도 멈추고 네 시계도 멈춰라
정지된 시간 속에 우리를 가두면
너와 나는 영원한 청춘이다

2019.10.4.

위선

위선을 떡으면 가증스러운 말로 덮이고
거짓을 말하면 용서받을 수 있으나
위선의 탈은 벗겨지지 않는다
청산의 대상은 가식적 진실이지 보수가 아니다
진보의 탈을 쓴 위선은 청산의 앞잡이다

2019.10.8.

칼집

그는 오늘도 칼집을 닦는다
칼은 녹슬든 딸든 칼집만 닦는다
녹슨 칼집은 보이기 싫다
언젠가 칼집이 헐어 녹슨 칼이 보인다고 해도.
쓰지 않을 칼은 닦지 않는다

2019.10.17.

나뭇잎

당신의 손에 들린 나뭇잎 하나
반세기 거슬러 시집에 꽂아 준 그 단풍잎
머리는 텅 비어도 추억만은 소중한지
책장 뒤져 색 바랜 시절을 찾다니

2019.10.22.

가치

지휘봉을 놓은 장군은 사병과 동등한 군인
남성을 잃은 남자는 평범한 일꾼
거세한 수소는 최상의 육우
남성 잃고 돈마저 떠나면 보나 마나 천덕꾼

2019.10.29.

철면피

밑바닥 무식한 철면피는
눈맞춤만으로도 잘못을 시인하나
연민의 시선으로 용서받을 수 있으나
가방끈 긴 유명한 철면피는
법망도 피해 가니 죽창을 들이대야
잘못을 시인하고 고개를 떨군다

2019.11.8.

장미

멀리서 바라보는 꽃은 색깔이 고와야 아름답다
가까이서 보는 꽃은 향기가 나야 더 아름답다
향기 없는 장미도 아름답다
쳐다만 봐도 사랑스럽기 때문이다

2019.11.21.

사랑자리

세월 따라 사랑이 머물다 간 가슴속
채울 사랑 모자라 쪼그라드는데
차라리 그 자리 한숨으로 채워
허전한 마음 달래 볼까나

2019.12.2.

어린이

어린이는 바라만 봐도 사랑이 넘친다
눈빛이 고우면 사랑을 더한다
사랑스러운 행동을 보태면 더욱더 사랑스럽다
그들을 사랑하는 내 마음이 열리면
모든 게 다 사랑스럽다

2019.12.3.

소리

소리 속 소리를 들어보자
재잘거리는 말속에는 웃음이 숨어있다
거친 말속에는 분노와 저항의 소리가 느껴진다
환자의 신음 속에는 정도의 차이가 들어있다
뭇 바람의 소리에도 계절의 소리가 숨을 쉰다
우리의 대화 속에도 문화와 연륜의 소리가 담겨있다

2019.12.9.

삶

우리들의 삶

삶 속의 문화는 제각각이다

맞고 틀림이 없고 생각과 행동에도 정해진 속도가 다르다

과거, 현재, 미래에 대한 비중도 차이가 크다

지난 반세기 동안에는 국가/사회적 영향으로

미래에 대한 기대가 강했고

지금의 풍조는 과거에 대한 투정만 무성하다

젊은 세대는 오로지 현재의 쾌락만 중요하며

과거와 미래는 관심 밖이다

삶에 대한 과거, 현재, 미래가 정체성을 잃고

허공을 떠돌고 있다

2019.12.10.

인생사

나는 작은 가시가 박혀도 안절부절못한 데 그들은 강 건너 불 보듯/
나는 걱정이 태산인데 그들은 희희낙락/
나는 즐거워 죽겠는데 그들은 무관심 덤덤/
나의 인생사는 나만의 것이고 그들의 인생사는 내 밖의 것이다
단지, 우리는 잠시 섞여 있을 뿐이다

2019.12.26.

인간사

관심이 지나치면 간섭/
짝사랑이 과하면 집착/
나 홀로가 더 나가면 은둔/
말 섞다가 돌아서면 무례/
못 본 척 못 들은 척 의미 없는 미소가 정답

2020.1.3.

우리 사이

내가 너를 버린 것도 아니고
네가 돌아선 것도 아니고
단지 뻘쭘할 뿐인데
노년의 우리에겐 누런 황혼의 물결뿐

산에 오르면
사철 변하는 나뭇잎

싱싱한 초록 잎이 바람 불어 살랑이다
단풍 들어 붉게 타고
낙엽 지고 밟히면 멍든 무릎 시원하지

이름 모른 작은 새 간식 달라 보챌 땐
어린 손주 다시 본 듯

허전한 사이가 자연으로 채워지게
산에서 보자

2020.1.7.

자리

네가 떠난 빈자리 - 공허함
다시 채운 그 자리 - 어색함
돌아서 본 하늘가 - 황홀녘
추억만 남은 머릿속 - 가물가물

2020.1.20.

나를 떠난 사람들

아무것도 아닌 일에 순간 삐져서 돌아선 사람들
일로 만나 서로 위로와 경쟁 상대였지만 손을 놓자 떨어진 사람들
만나 봐야 시들해져 자연스레 사라진 사람들
마음의 빈틈을 서로 메꿔볼까 한 기대가 무너져 떠나간 사람들
수많은 사람이 내 곁을 떠났지만 나도 그들의 곁을 떠났으니
나를 떠난 사람들에게 나의 그림은 언제까지 남아있으려나

2020.2.3.

산불

숲에 불이 붙었다
울창했던 숲은 앙상한 가지뿐
황토색 땅 밑엔 조그만 늪 웅덩이
메마른 덤불은 타다가 재만 날린다
우리가 찾았던 조그만 숲은 사라졌다
내 평생, 살아난 숲과 늪을 볼 수 있을까

2020.2.6.

미련

잃을 것도 더 이상 잊어버리고 싶은 것도 없는 시간은 다가오는데
나는 왜 낡은 머리 끈을 풀지 못하는가
스쳐 지나가는 사람도 다가오는 사람도 노인뿐-
내가 꿈꾸는 꿈마저 노래져야 하는데
파란 크레용으로 하늘을 박박 문대보고 싶다

2020.2.8.

합궁

내 안에 네가 있고
또 네 안에 내가 있으니
잠깐이어도
그대로 있어라

나는 팔을 감싸고
또 너는 다리를 감싸니
조금 불편해도
그대로 있어라

나는 꺼질까 바닥 보고
또 너는 무너질까 천장 보고
할 일 나눠지니
한결 여유로워라

2020.1.7.

인생

빨강으로 긋다 보니 유년이 가고
파랑으로 바르다 청춘이 간다
초록으로 문지르다 장년이 가고
회색으로 도배하다 노년이 간다
노랑으로 벽 칠하며 인생이 다하는데
회춘하는 보라 꿈 언제 꾸려나

2020.2.18.

피고니-갱시니

상식으로 포장한 몰상식 덩어리/
끊어진 가방끈/
각목으로 무진장 맞고 싶어/
상식에 붙어사는 기생충/

법-상식은 네 거고/
위조-거짓은 내 마음/
내 위에 너 없고 너 위에 내 있으니/
왜 그리 따지고 드냐/
내 가방은 짝퉁 명품/

탐나냐?
(신문 속 어느 부부 이야기)

2020.2.14.

저기

저기!
손으로 가리키면 저기만 본다
내 손가락도, 내 얼굴도 아닌 저기만 본다
저기를 가리킨 건 나인데 나를 안 보고 저기만 본다
저기 속에 내가 묻혔다

2020.3.6.

세상

열모습이 매력적인 여인
목소리를 깔아야 고상한 지식인
털릴 것 없는 무판정 노숙인

스칠 때마다 비스듬히 쳐다보고
헛기침하며 침 삼키고
빈 주머니 손 찌르며 벗어난다

2020.3.20.

내가 떠난 사람 / 나를 떠난 사람

그게 아닌데

내 속도 모르고 얕은 생각에

멀리서 봐야 할 사람 가까이 두다 머리 흔드네

매달릴수록 떼어내고 싶었지

나만큼 나를 아는 사람 있을까

나만큼 나를 생각하는 사람 있을까

주변이 적적하니 더 따질 것이 없구나

2020.4.2.

근심 / 걱정

그는 스스로 생사의 기로에 섰다고 흥분
내가 지척에서 보아도 그건 아닌데
10리 밖에서 보면 움직이는 점이고
100리 밖에서 보면 투명한 존재
공간을 벗어나 100년이 지나면
그가 있었는지도 모르잖아

2020.4.6.

소유

내 산에 네 발을 담갔다고
그 산이 네 산은 아니지
내 눈에는 그 발도 내 발이다
내가 눈을 가리면 그 산마저 네 산이 될 수 있지
순간순간, 생각에 따라 소유는 바뀐다
온 세상이 네 것이라 믿으면 네 것이다
입은 닫고 가슴으로~

2020.4.9.

청춘이어라

새파랗지는 아니어도 푸르기만 하여라
회색 똥색 뒤섞여도 푸르둥둥만 하여라
자체 발열은 저만치 갖었어도 살데는 이 차갑게는 말아라
쉬며 쉬며 10년이 걸려도 저 산을 내 발로 오르게만 하여라
주름살 검버섯 죽이는 마법의 거울을 찾아서
회춘의 마약도 단번에 마시자 마셔 버리자
아! 청춘이여~

2020.4.20.

남산

세월이 좀먹어도 여유롭던 시절
네 품삯 내 품삯 구분 없던 시절
빈 지갑 젊음으로 채워 놓던 시절
연정을 가슴으로 터지도록 담아 놓고 만족했던 시절
오늘 다시 남산에 올랐다

2020.5.1.

누구세요?

여기서 떠돌고 저기서 떠돌고
잠시 사라졌다 다시 떠도는 그들
내 주위만 맴도는 그들
일찍이 보내드려 잊으려 했는데
형상도 흐릿하게 존재만 알리고
오늘 밤도 꿈길에 그들과 여행을 떠나려나

2020.5.22.

긴 하루

멈춰 주저앉을 수는 없잖아
갈 길을 찾아야지
끊기면 만들어 나가고
잊으면 되돌아와 다시 시작하면 되지
쳇바퀴 돌듯 같은 길을 또다시 걸어도 괜찮아
끝도 모르는 생소한 길을 멍하게 걷다
방랑자가 될 수도 있지만
우리는 걸어야 해
다시 돌아오는 한이 있어도

2020.5.29.

경계 나이

만남 자체가 버거워지는 나이
그리움 반가움은 더해 가는데/
무언가 퍼주어야 편안한 나이
궁상떨며 모았던 쌈짓돈인데/
새 옷에 구부정한 주름진 행색은
빛바랜 낡은 옷이 더 어울리련만/
지나온 삶의 지식 AI에 무색해 버리니
입 가리는 코로나 마스크 때로는 고마워라

2020.6.1.

부모 한 번만 울리기

리로움에 치를 떤다. 죽을 만큼!
치욕, 멸시, 자아상실!
포기가 두려워 학대에 길들여지다!
참다 참다 포기 대신 선택한 자살!
부모는 원통해 두 번 통곡한다
상대방 가슴에 비수라도 꽂으면
부모는 웃으며 통곡한다
한 번만!

2020.7.3.

카키

날카로운 청춘이 짙은 하늘색이라면
낡고 초라한 늙음은 바랜 카키색/
초입의 연두에서 싱싱한 초록으로
다시 퇴색한 우리의 색깔/
나는 오래전부터 카키를 즐겼다
초록의 시듦에 익숙해지게─

2020.7.4.

추억 그림

내 머물던 툇방 달그림자 지면
그대 그 언저리 살며시 내려앉아 주오
그윽한 달빛 사이로
느낄 듯 말듯 그대 내음 되새기게

2020.1.1.

문신

너는 내 다리에 거미를 새겼고
나는 네 팔뚝에 나비를 그렸다
빛바랜 자국이 지워지던 날
지겨워 손수 밀어버린 날
마음속 그리움도 떠나 버렸다

2020.7.9.

치졸한 권력

이리 흐르던 공기도
기압에 따라 흐름이 변한다
무리 지은 군중은 권력에 의해 흩어진다
진정한 권력 앞엔 만사가 잠잠하고
오만한 권력은 제 살길만 찾다 스스로 무너진다
민중에 엄청난 피해를 주고~

2020.7.17.

소리의 다툼

두 소리가 만났다
천상의 천둥소리/ 라디오 멜로디
천둥 치는 순간 라디오는 먹통
그러나 천둥은 멈추고 멜로디는 잔잔히 흐른다
누가 승자인가

2020.8.3.

노털들의 모임

서너 명이 만나지
술도 한 두잔 뿐, 잠 안 올까 봐 커피도 사양
무슨 재미있겠나

가족일, 개인사 빼고
저속하다 헛소리 줄이고
삐딱한 놈 버럭할까 색깔 이야기도 접고
오직 나라 걱정, 후세 걱정
무슨 재미있겠나

밥 먹고 이 쑤시다 주먹데고 돌아선다

2020.8.4.

마지막 빨강

다치면 무조건 발랐던 빨간약 공포
빨갱이라 멀리했다
흰 교복에 김치 자국이 창피했다
쳐다만 봐도 뜨거워서 싫었다
그러나 채점하다 무뎌졌고
뜨거운 정열을 불태운 후 가까워졌다
이제 마지막 빨강에 젖어본다
주름살 돋보일까 두렵지만

2020.8.7.

어느 여름

육신을 달래볼까 누우니
마음도 편하구나
막힌 천장 거북해 눈 감으니
어느새 천사가 춤추는데
가만 보니 실루엣이 내 모습이라
어디지? 아닌데~ 헤매다 정신 드니
그 새 깜빡했네
저녁 햇살 아직도 뜨거운데~

2020.8.14.

인생 궤적

삶의 궤적을 시간만으로 다스릴 수 있다면
기억하기 싫은 순간은 삭제해 주세요
아니, 방황했던 무의미한 시절도 생략해주세요
그리워하며 애틋했지만 끝마무리 미진한 사연도 모두 지워 주세요
그 길고 지난했던 삶의 시간이 절반으로 줄었네요
마지막 부탁입니다
버린 시간을 리셋할 수는 없나요

2020.8.31.

인생사

지척에 서면 놀랄 만큼 커 보이고
10미터 물러서면 내 정도 등치고
100미터 뒤에서는 윤곽만 흐릿하고
1,000미터 빠지면 점만 남는다
10,000미터 떨어지면 아무것도 안 보인다
인생사!
고민할 가치가 있을까?

오늘은 죽을 만큼 괴로운 일
한 달 후면 견딜 만큼 익숙하고
일 년 후면 덤덤했던 과거 되고
십 년 후면 먼 옛날 잊어버려도 될 일
인생사!
그냥 받아들이자

2020.9.2.

오늘은

어제 행복했다고 오늘 행복할 수 없듯이
어제 건강했다고 오늘 쌩쌩한 것은 아니다
누워 있다고 모두 환자가 아니듯이
미친 듯 움직이는 모두가 건강한 것은 아니다
건강하다고 오래 사는 것도 아니고
골골한다고 바로 가는 것도 아니다
그냥 통념상 그렇게 믿고 있을 뿐이다
오늘이 즐겁고 건강하면 무얼 더 바랄까

2020.10.6.

마음

그가 버린 회색 마음
검은 것과 흰 것을 같이 버린 건가
검은 마음 버리고 회색 마음 차례였나
비우면 가벼워지나 허탈은 무엇으로 메우지
세월의 좋은 추억으로 채우시게

2020.10.12.

그가 사라졌다

그가 사라진 방은 적막하다
옷가지는 치웠지만 체취가 남아있다
그가 사라진 사무실은 휑하다
용도도 달라지고 타인이 오고 간다
그가 사라진 산은 그대로이다
그가 있던 벤치에는 박새가 날아간다
그가 사라진 모임도 사라졌다
그가 사라진 가족은 잠시 슬픔에 잠겼다

2020.10.20.

공공의 적

가라는 대로 가고 하라는 대로 하면 돋보이기 힘들다/
가지 말라는 곳에 가고 하지 말라는 데도 하면
금세 눈에 띄는 공공의 적이 된다/
무능으로 할 일은 안 하고 해선 안 되는 일만 골라 해도
저급한 지지자의 열광을 받는 자는 누구일까/
대다수 국민의 혈세를 반쪽 지지자에게 퍼붓는 그는
공공의 적이 아닐까

2020.11.7.

믿음

나는 그를 잘 안다
그도 나를 알 만큼 안다
그런데 나는 가끔 나를 믿지 못한다
그래서 나는 이따금 그를 믿지 못한다
아는 만큼 믿어야 하는가
어쩌다 일어나는 배신은 앎과 믿음 속에 얽혀 있다

2020.11.20.

연륜

이 나이에 사랑과 애정을 논하기엔 쑥스럽고
이 나이에 인간의 속성을 파헤치긴 좀스럽다
이 나이에 자연의 맛을 느끼기엔 철 늦은 짓이다
보고 듣고 느껴도 뭉쳐야 연륜이라 칭한다

2020.11.30.

스쳐간 자리

바람이 스쳐 간 자리엔 고요함이 깃들고
소리가 울고 간 자리엔 메아리만 남는다
인간이 훑고 간 자리엔 오물만 그득한데
도대체 무엇이 스쳐 가야 사랑으로 가득 찰까

2020.12.21.

코로나19

하나라도 더

지고 이고 들고

걷고 뛰고 쓰러지고

악악대고 살아온 세대!

팔다리, 목 허리 온전한 데 없어도

그럭저럭 견뎌온 세대!

늘그막에 손 놓고 누우니

굿거리에서 본 듯 오색찬연 코로나바이러스

만만한 늙은 몸 찾아 들쑤시니~

2021.1.

불꽃

불빛 따라 모두 모여든다
밝고 따뜻하니까/
그러나 나는 불빛을 느낄 수 없다
내가 불꽃이니까/
세월이 가고
기름도 심지도 누렇게 퇴색하고
그을음도 냄새도 조금 더 하는데
이제는 불빛마저 힘겨워 흔들거린다
불꽃을 언제까지 태워야 하나

2021.3.4.

삶의 공간

삶이 머무는 곳엔
내가 있고 너와 그들도 있다

삶이 지쳐 그친 곳엔
너와 그들은 사라졌고
나 또한 사라진다

2021.3.5.

술래야

나는 술래다
모두 모두 꼭꼭 숨어라
머리카락 보인다/ 훅 밀어버리고
숨소리 샐라/ 입도 틀어막고
내 눈에 띄지 말고 꼭꼭 숨어라
아무도 없는 작은 골목에 대장이 되었다
너희가 스스로 알아 외칠 때까지는

2021.3.10.

미세먼지

소리가 울면 떨림
떨림은 곧 진동
진동은 에너지
에너지는 소리를 만든다
소리는 공기를 통해 에너지가 된다
공기 속의 먼지는 에너지인가
미래의 자원이라면
떼놈들이 그대로 보내줄까
우리들 입가 마스크 자국은 아직도 선명한데~

2021.3.15.

넋 놓은 일상

그냥 대충 먹는다
솟대 머리 초점 잃은 눈은 보고 또 보고
스마트폰, 컴퓨터 서너 가지 앱만 뒤적거린다
아픈 관절 다독이며 걷고 또 걷고
어제도 오늘도 또 내일도

2021.3.29.

석양

먹고 싸는 데는 이골나고
보고 듣는 것도 시들하다
강보 속 아기들 눈길 한 번 더 가고
발아래 마른 낙엽 "사각" 소리 찡하다
석양은 저 멀리 붉게 타고 있는데

2021.3.30.

길

내가 살아 저 길을 가는데
너는 죽어 꽃길을 걷느냐
길은 뚫려 계속 가는데
산길인지 꽃길인지 알 수가 없네
꿈과 생시의 갈림길에서

2021.5.31.

점

나는 점을 보았다
너는 점을 보지 못했다
우리는 서로 핏대 세우며 우겼다 - 자기가 맞는다고
나는 너의 얼굴을 보았고 너는 나의 얼굴을 보았지
각자 거울 보고 확인하면 될 것을

2021.6.17.

기로

가까운 것들이 떨어진다
멀리 보이던 것들이 가까이 선다
어느 순간 머릿속 거리 구분이 둔해지고
시간의 앞뒤 구분이 얽혀 버린다
어느 것은 모습이 어느 것은 소리가/
그냥 무심코 지나간 것들
이제는 그들이 외면한 채 나를 지나친다/
나는 기로에 섰다

2021.7.9.

코로나 그후

목소리로 만난 친구는 아직도 쩡쩡한데
간만에 대면한 몰골은 왕할배라.
자식 걱정에서 벗어난 줌마들의 마음은 아직도 청춘인데
손주 시발에 자태는 찐할매라.
코로나가 세월의 가속페달을 확 밟았나
우리는 그새 엄청나게 늙었다

2021.7.12.

마음의 벽

1. 네가 쌓은 마음의 벽만큼
   내 마음의 벽도 두꺼웠다
   우리는 그 벽에 치여 노인이 되었다

2. 네가 열어놓은 공간에 나도 거닐었지
   그러나 열린 공간이 어색해 마스크를 써야 했지
   우리는 서로 복면해야 편안했다

3. 가까이 있을수록 부담스러운 우리는
   보일만큼의 거리를 두고 그리워했다
   그것이 사랑인 줄은 까맣게 몰랐었지

2021. 8. 12.

관계

소리쳐 불렀건만

돌아서 화답하지 않고 그는 멀어져 갔다

잠깐의 공백에 나눈 대화.

하나도 생각나지 않는다

그가 떠난 건지 내가 잊은 건지~

세월에 묻히니 다 지워졌다

너무나 불편하고 아쉬웠던 그 모든 것들이

2021.9.17.

터 / 장면

철없이 나돌던 작은 골목길/
평상에 누워 구름 좇으며 잠들던 안마당/
책가방 팽개치고 무르팍 깨지며 누비던 운동장/
저녁노을 하늘가 링음 속 B29 바라보던 대문 앞/
두엄 속 소 울음 흘려듣고 무심히 지나치던 외양간/
다 털고 나니 내 누울 작은 터만 눈에 돋네

2021.9.24.

Silence

노랫말처럼
밤바람 스쳐 가면 고요만이 남지만
나마저 그들 따라 떠났으면 더더욱 적막강산
바람 따라 솟았으면 좀비 되어 저 하늘가 맴돌겠지
빗물 따라 흘렀으면 깊은 바다 고래밥 되었을까
숨죽이고 즐기는 고독
사치가 아닌지

2021.9.29.

거리

철없이 헤집고 나돌던 거리
어느 순간 왜 이리 좁지?
멈춰 멍하게 바라본 적 없고
걷고 뛰어서 지나치던 거리
지팡이 탁! 세 발로 바라본 거리
다시 멀리서 다가온다

2021.10.21.

카드

해서는 안 되는 짓을 하려는 시절은 가고
하지 않아도 되는 것을 하려는 지금/
그간 길고 긴 세월이 버려졌다
내가 아끼다 무심코 버린 카드
그가 거둔 후 던진 말/
아직 쓸만한데 왜 버렸노/
버려야 편한 내 마음을 알까
평생 사리의 틀 안에 갇혀 이끌이 난 내 마음을

2021.11.1.

11월 남산

단풍 그리고 낙엽
반쯤 물들어 깔리는 잎새
외세에 시달리다 포기하는 시간들
미풍에도 떨어지는 잎
생긴 대로 춤추며 내려간다

2021.11.6.

남산의 낙엽들

가을 끝의 낙엽들 발아래 분분하다
투박한 갈색의 상수리 나뭇잎/ '사각' 소리는 크지만
미끄럼의 주범이다
노랑 부채꼴 일색의 은행 나뭇잎/ 벌레는 멀리하지만
지루하다
빨강 노랑 자주색 단풍잎/ 오손에 발가락 두 개가
스스로 오그라들어 가련해 보이지만 그래도 낙엽의
판상이다

너털웃음

'허허'하면 행복한 줄 알았지
모순된 표현인 줄 어찌 알겠나
쓴웃음보다 격 높은 표현인 줄 오늘에야 느끼다니
조숙 완숙 거쳐 헤매는 감정표현
그래~ 이제는 '허허' 아니면 쓴웃음만 남았지

2021.12.5.

번지점프

나이 먹음에 식상해 돌아앉은들
먹은 나이 되돌릴 순 없잖아/
줄어드는 근육에 마사지는 무슨 소용
지병의 가짓수는 늘로 늘고
육신의 곳곳마다 그만 써라 아우성

해 바뀌면 번지점프에 오르자/
두려워 망설이면 삶의 애착 키우고
내려서 버텨주면 활기찬 한 해 시작

저기요 어르신~ 대상이 아닙니다

2021.12.9.

그리움

가슴속 겹겹이 담아둔 그리움
차고 넘칠까 봐 조금씩 떠냈었지
이제는 모두 잊어 고인 정 응어리지는데
오늘도 석양 햇무리 속 너의 실루엣은
여전히 고혹적이다

2021.12.11.

언덕

산도 구릉도 아니고 그렇다고 평지도 아니다
단걸음에 오르면 마을이 한눈에 들어오고
근심 걱정 삭이고 눈물 훔치던 곳
옛날 옛적 떡 하나 놓고 호랑이와 할매가 밀당 하던 곳
시골의 언덕은 논밭으로 변했고
서울의 언덕은 달동네가 되었다

2021.12.12.

절벽

1. 올려다보면 까마득하고
   내려다보면 아찔하다

2. 마음은 닫혀있고
   다가서면 돌아선다

3. 꿈속에 날개 달고
   훨훨 날아 바라본다

4. 절벽은 영원히 늪혀지지 않는다

2021.12.13.

끝이 없는 길

끝이 없는 길을 가고 있다
동행의 인연으로 만들어낸 우정, 사랑, 경쟁, 배신
그 많을 뒤로 하고 또다시 각각의 길을 간다
수행인지 막장길인지 따지지 않고/
막히지도 않고 되돌아올 수도 없는 길
곁을 두다 거북하면 옆길로 새도 된다
끝을 찾을 필요도 서두를 필요도 없다
숨만 쉬면 길가에 서 있으니

2021.12.16.

15살

물지게 언덕배기 다섯 번 오가면 한 드럼
우리 가족 하루 쓰고/
뒷박 봉지 쌀 새끼줄 연탄 한 장
일상적 의례인 줄/
등 떠밀려 한 일도 짜증 내며 한 일도 아닌
그냥 나만의 소임인 줄 알았지/
등록금 언제 강제 조퇴
꿰맨 신은 운동화 또 터질까 조심조심/
사춘기 자존감은 저만큼 물러서고
독기만이 가슴속 숨어들어 반세기 지나 털어내기 힘드네/
손주시대 환생하면 무엇으로 살까나

2021.12.17.

정

하나도 버릴 게 없다는 내가
하나도 버릴 게 없는 너를 찾아 수없이 산길을 올랐건만
나에게도 얼마는 버릴 게 있음을 알았지
버릴까 딸까 망설임보다 주는 정 가슴속 겹겹이 쌓아야
그리움도 되찾을 수 있음에~

2021.12.20.

시간이 머물다 가는 곳

"새벽종이~" 스피커 링음
자명종 5시 알람
하루 일과는 소리로 출발/
그 사이 소리는 사라지고
여명으로 눈 뜨고
어둠 짙게 깔리면 꿈속을 헤맨다/
이제는 빛이 지배한다
그 사이 시간은 머물다 가고
나는 소리의 시간, 빛의 시간에 길들여졌다

2022.1.4.

추억여행

나는 그에게 노란색 연필을 주었다
끝에 지우개가 달린/
불혹을 지나 노망의 시기에 다시 홀로 되어
그는 반세기 이상 아꼈던 그 연필심을 갈았다
매일 내 이름을 썼다 지웠다를 반복했다
지우개는 닳아 그 테두리에 내 이름은 찢어지고
지면엔 큰 구멍이 생겼다
그 사이로 코흘리개 얼굴이 겹쳐 보이기 시작했다

2022.1.30.

손

작은 네 손에 내 손을 덮으면 내 손만 보이고
내 손에 네 손을 얹으면 두 손 다 보인다
아담한 네 등에 내가 포개면 내 등만 보이고
내 등에 네가 엎히면 두 등이 다 보인다
둘이 만난다고 다 어우러지는 건 아니고
조화를 이루어야 연분이다
입맞춤은 건조한 입술을 촉촉이 하려 함은 아니고
사랑을 전달하는 수단이다
동정과 사랑의 혼돈은 인연의 갈등을 유발한다
두 손을 맞잡으면 사랑의 고민에서 벗어난다

2022.2.11.

졸아드는 삶

키도 몸무게도 어느 순간 줄어들고
움직임도 먹는 양도 눈에 띄게 적어지고
손에 잡히는 수입도, 걸려 오는 전화도 해 넘기면 반갑하고
머릿속 기억만 시간여행 속을 거슬러 머문다
졸아드는 삶을 돌아보는 지금은 얼마만큼 행복한 삶일까

2022.2.20.

구름 위의 집

그들은 구름 위에 산다/
지신과 천신은 무서웠다
지신은 지진과 화산
천신은 폭우와 벼락
그들 스스로 먼지와 세균을 키워 마스크를 만들고

유체 이탈은 그들을 신의 그늘 없는 구름 위로 이끌었다
부피도 무게도 느끼지 못하는 그들의 세계
지위고하, 나이, 성별 구분 없이 혼으로 통하는 세계
펜트하우스, 딸방의 경계도 없는 평등한 세계
그들은 지금도 그곳에 살고 있다/
이승에서의 병마, 갈등, 열등감, 소외감, 모든 고통을 뒤로 하고
그들은 지금도 그곳에 살고 있다

2022.3.5.

소리 / 빛 / 사람

소리는 나누면 조용하고
소리를 합하면 시끄럽다/
빛은 쪼개면 어둡고
빛을 더하면 몇 배 더 눈 부신다/
사람을 나누면 능지처참
사람은 모이면 자리다툼/
소리와 사람을 더하면 딸뿐인 놈
빛과 사람을 더하면 튀는 놈/
나이 들면 평범한 삶이 좋다
그래야 조용하니~

2022.3.11.

꽃 / 바람

바람 불어 꽃가루 흩어진다
거센 바람은 꽃잎을 떨구고
잔잔한 바람은 꽃향기를 펴 날라 벌 나비가 모여든다
사랑도 은은하면 여운이 지속되고
조급해 몰아치면 어느새 마음도 식는다

2022.3.31.

사랑 생각

눈 부딪히며 서툴게 웃든 사랑
안고 품으면 더없이 따뜻한 사랑
마음속 떠난 사랑이 아련히 그리운 건
추억 속 흐릿한 실루엣 때문일까

2022.4.1.

순간 / 영원

행복한 듯 보여도
내가 느끼지 못한다면 행복한 게 아니고
불행한 듯 보여도
네가 덤덤하다면 불행한 게 아니다 /
오늘 행복해도 내일이 행복한 게 아닌데
그냥 묽개고 지나간다
오늘 불행해도 영원히 불행한 건 아닌데
그걸 못 견뎌 잠을 설친다 /
어디까지가 순간이고 어디부터가 영원인지
그걸 잊은 채 여기까지 견뎌온-
너 그리고 나

2022. 4. 15.

비스듬히 바라본 너

네가 애처로워 보일 때가 있다
뭇 인파에 묻혀 쫓기듯 종종걸음치는 뒷모습이
왜 그리도 힘겨워 보이는지
웃지 않아도 되는 자리에 쓴 미소를 머금는 너를 보면
예전의 자존감은 어디다 팽개쳤는지
주변에 어우르지 못한 채 혼자 걸또는 노쇠한 너의 모습은
나를 슬프게 한다

2022.4.20.

나의 시간

내가 살아 숨 쉬는 시간은/

내가 꿈틀대며 뒤척이는 시간은/

내가 머리 쥐어짜며 기억하는 시간은/

내가 훌훌 날아 너의 공간에 머무는 시간은 얼마나 남았을까

2022.4.26.

늙은 친구

늙으니 늙은이라 부르지/
왕이는 와니
진이는 지니가 되고/
꼬는 꺼니
중이는 주니가 되고/
우리는 늙어서 너자로 불린다
대문산 친구들

2022.5.10.

오늘 그리고 내일

오늘의 평온이 내일의 평온은 아닐진대

그래도 오늘이 있어 내일을 기대할 수 있잖아

오늘을 보내고 내일을 재촉하는 우리는

내일이 되면 또 모레를 바라보았지

어제는 함께 했지만 오늘 사라진 자에 비하면

오늘이 있음이 얼마나 다행인가

모두가 각자 생의 주인공

필름은 오늘만 찍을 수 있다네

지는 해 뜨는 달 쳐다보며 멍때리고 넘어가면 안 되나

뜬눈으로 지새우는 긴 생각은 뒤로 하고

2022.5.21.

시들지 않는 꽃

꽃은 반드시 시든다
볼품없는 시든 꽃은 지는 게 낫다
시든 꽃을 즐기는 벌 나비를 보았는가
그들은 화려한 색채 독특한 향기를 좇는다
벌 나비를 부르는 꽃은 천천히 시든다
꽃님아! 꿀 잔뜩 머금고 벌 나비를 유혹해라
너의 간절한 바람! 시듦을 멈추려면~

2022. 5. 30.

메아리

그가 소리치면 나는 달려 나간다
소리 나는 곳으로!
그의 모습은 사라지고 나는 다시 기다린다
어제도, 오늘도, 내일도!
그도, 나도 변한 건 없다
오로지 나는 메아리를 좇아 달렸을 뿐이다

2022.5.31.

문신

너의 오른쪽 등짝에 새겨진 파란 나비
갑자기 날아올랐다
왼쪽 허벅지 붉은 장미 찾아 서성이다
향기도, 꿀맛도 못 보고 다시 날아올라
창가 화병의 장미에 내려앉았다
나비 달아난 자리엔 살색 흉터만 남고
허벅지 장미는 누렇게 시들어 버렸다

2022.6.7.

끝이 없는 길

걷다가 뛰고 날아봐도 끝이 없는 길/
지쳐서 누워 바라보는 하늘도
가끔 구름에 가려 끝인 줄 알지만
청명한 하늘엔 끝이 없다/
걸음이 느려지다 멈춰 서면 그곳이 곧 길의 끝이다

2022.6.14.

꼬리

꼬리가 길면 붙잡힌다
허리의 충격을 흡수했던 꼬리의 증발은
디스크를 유발했다
우리의 꼬리는 어디로 갔을까
머리로 튕겨 숨은 꼬리는 사기 칠 궁리로 변신하고
입으로 딸려 들어간 꼬리는 거짓말로 날 새운다
가슴에 새겨진 꼬리만 양심과 배려로 가끔 현신한다
우리는 꼬리 없이 살고 있다
꼬리가 조금 보인다고 두려워하지 말자

2022.6.16.

서글프다

늙스그래 작당해 승합차 일주 여행/
길가에 술자리 주고받고~
방관자도 서글프다/
옛 생각 젖어볼까 마이크 부여잡고
음정, 박자 엇나가며 쉰소리 잡는 노래방/
귀 성한 자는 서글프다/
차라리 슬프면 눈물이나 부르지
그마저 말라붙어 서글프기만 하는 건가

2022.6.18.

산길

매번 같은 길을 걸어 산에 오른다
길은 눈에 익어 새로운 것도 없고
걸음은 점차 느려지지만~
그동안 무엇을 얻었는가
일상적 산행이 아무것도 아니란걸~
구득도 없이 왜 다시 오르는가
아무것도 아니란 걸 스스로 깨닫기 싫어서~

2022.6.24.

신의 대화

신이 그에게 물었다

배울 만큼 배우고 살 만큼 살았는데 할 말이 무엇인고/

아무리 배우고 오래 살아도 잘못 태어나면 아무 소용 없습니다

다음 생엔 부유한 나라 유복한 가정에서 태어나고 싶습니다/

신이 답했다

어떻게 태어나도 인간의 경쟁은 멈추지 않는다

나도 그럴 능력이 없다네

네가 신이 되어라

2022.6.28.

암센터

넓은 공간에 빈자리 없이 가득 찼다
웃음기 가신 무표정 찌든 얼굴들/
지옥의 문을 뛰쳐나와
3분 진료에 3년의 목숨을 고대하는 사람들/
오늘도 소중한 하루는 지나가는데~
신이 내린 가혹한 저사/
신은 선악을 구별하지 않았다

2022.7.1.

감정싸움

리로움을 뒤로하면 즐거워야지
그리움이 찐하면 지겨워지고
웃다가 욱하면 조울증 전조
한을 지우려면 싸워야 하지
육신이 너덜하게 헤질 때까지~

2022.7.11.

어쩌다 한평생

앞장서 무리를 이끌고 달리다
뒤처져 그 속에 묻히고
언젠가 그들에 끌려가는 삶이 되었네

눕고 기다 걷고 뛰다
다시 걷고 기다 눕고
어쩌다 한평생

2022.7.20.

헌신

쥬네야 헌신 신고 높이 뛰어올라라라
벗겨지면 힘껏 차질러라
헐렁하니 멀리 날아가지?
그래도 젊은데 맨발이 웬 말이냐

다시 한번 헌신 신을 때가 되었나 봐
쥬네야 헌신 신고 높이 뛰어올라라라
벗겨지면 멀리 차 버려라
이제는 맨발이 편하잖아
신발 걱정은 산 넘어 일~

2022.7.21.

감정상실

애틋한 마음도 무뎌지고
갈구하던 욕심도 녹아내렸다
사랑한 적 있었던가
증오로 치를 떤 적 있었던가
손금에 찌어찬 진땀 문지르며
가슴 속 고통 덜어낸 적 있었던가
치매로 놓아버린 것도 아닌데 만사가 덤덤하다
녹음 지듯 마음속은 공허로 뻥 뚫렸다

2022. 8. 3.

천장

태어나 처음으로 마주한 공간
3일 지나 눈에 들어온 천장
자라며 수많은 꿈을 그렸다 지웠다
가끔 그리운 얼굴도 새겨본 천장

희미한 전구 뒤로 계란색 바탕에 검은색 거북 무늬
이제는 하얀 천장을 자주 본다
그래도 막히지 않아 다행이다
비몽사몽 그리운 얼굴은 자꾸 떠오르는데~

2022.8.8.

꿈을 잃은 그대에게

떡 오래전에 내린 서리

별거 아니던 서릿발이 점점 번져 대세가 된 지금/

간절하던 바람은 어디에 묻고

막연한 꿈마저 잃은 채 날밤을 지새우는가/

그대의 꿈은 바람을 묻었으니

이제는 뜬구름같은 꿈/ 영원히 품고 가게나

2022.8.17.

역사의 흐름 속에서

새벽이 오는 여명 속 바로 누운 채/
기억의 첫 단추 하늘을 가르던 B29 링음은 환청이었나/
피난 속 리산의 외양간 거름 내음은 지금도 느껴지고/
소풍 간다 길 건너 서너 시간 오른 남산은 지금도 나의 쉼터/
쌀 배급, 공동수도, 병영막사, 아귀다툼 생활전선
그동안의 모든 시간도 환상이었나/
남겨진 기억, 역사의 흐름 속에서

2022.8.17.

인생

부모 슬하에서 삼십년의 일
자식 품고 삼십년의 일
남은 몫은 부부의 몫
은 좋으면 백년해로
언젠가 외기러기 되어 그렇게 인생이 걸어진다
늙낯이가 어디 있고 빈부의 차가 어디 있나
다 같은 인생살이~

2022.8.23.

바라보기

산에 오르매, 우리는 앞과 위만 바라본다
정상에선 아래는 잠시, 멀리 지평선만 바라본다
바닷가에선 위도 아래도 아닌, 수평선만 바라본다
우리는 눈에 익숙한, 뾰족한 지평선을 찾아 힘들여 산에 오른다

2022.8.25.

작은 새

그 작은 새가 밤새 구슬피 울어댈 때 나는 무엇을 하였던가
그 새가 안절부절 숲속을 헤맬 때 나는 어디에 있었던가
일상의 모습이라 눈 놓아 버렸는데
작은 새는 지쳐서 그렇게 사라지고
나는 이제야 그를 찾아 숲속을 헤맨다
반쯤 감긴 눈으로 흙투성이 맨발인 채
어제도 오늘도 그리고 또 내일도~

2022.9.11.